UN ET UN FONT UN,

OU

M. FABVIER

ET M. CHARRIER-SAINNEVILLE.

OUVRAGES NOUVELLEMENT PUBLIÉS.

Réponse de M. le lieutenant-général CANUEL, à l'écrit intitulé : LYON en 1817, par le colonel Fabvier, ayant fait les fonctions de chef de l'état-major du lieutenant du Roi dans les 7ᵉ et 9ᵉ divisions militaires. Un vol in-8°, 1 f. 50 c.   *Franc de port* 2 f.

Réponse de M. le chevalier DESUTTES, prévôt du département du Rhône, à un écrit intitulé : *Lyon en 1817*, par le colonel Fabvier, etc., etc.; in-8°, 1 f.   *Franc de port*, 1 f. 25 c.

Mémoires sur la guerre de la Vendée en 1815, par M. le baron CANUEL, lieutenant-général des armées du Roi, chevalier de l'Ordre royal et militaire de Saint-Louis, chevalier de l'Ordre royal de la Légion d'honneur, etc. Un vol. in-8° sur papier superfin d'Angoulême, orné d'une carte coloriée du théâtre de la guerre, et d'un très-beau portrait, gravé au burin, du marquis de la Rochejaquelein, tué le 4 juin 1815; 7 f. 50 c. *Franc de port*, 9 f.

Marseille et Nismes justifiées, ou Réponse au libelle intitulé : *Marseille, Nismes et ses environs en* 1815. Par des témoins oculaires; in-8°, 2 f.   *Franc de port*, 2 f. 50 c.

Plaidoyer prononcé devant la Cour royale de Paris, Chambre des appels de police correctionnelle, le 24 juin 1818, par M. Roussialle, avocat; pour M. de Blosseville, appelant d'un jugement rendu par le tribunal de Police-Correctionnelle, le 30 octobre 1817, qui l'a condamné à 10 fr. d'amende et à 25 fr. de dommages et intérêts, solidairement avec d'autres, comme coupable de calomnie ; contre Wilfrid-Regnault, condamné à la peine de mort, par la Cour d'assises dE'vreux, comme convaincu d'avoir commis un assassinat suivi de vol, dont la peine a été commuée par le Roi, en vingt ans de réclusion; intimé dans le procès contre M. de Blosseville,   1 f. 50 c.

CORRESPONDANCE INÉDITE de l'abbé Ferdinand GALIANI, conseiller du roi, pendant les années 1765 à 1783, avec Mᵐᵉ d'Épinay, le baron d'Holbach, le baron de Grimm, Diderot, et autres personnages célèbres de ce temps; augmentée de plusieurs lettres à Monseigneur Sanseverino, archevêque de Palerme, à M. le marquis de Carraccioli, ambasadeur de Naples près la cour de France, à Voltaire, d'Alembert, Raynal, Marmontel, Thomas, le Batteux, Mᵐᵉ du Boccage ; précédée d'une notice historique sur l'abbé Galiani, par M. Mercier de Saint-Léger, bibliothécaire de Sainte-Geneviève ; à laquelle il a été ajouté diverses particularités inédites concernant la vie privée, les bons mots, le caractère original de l'auteur. Par M. C*** de Sᵗ-M*****, membre de plusieurs Académies, 2 v. in-8, papier fin, 12 f. *Franc de port*, 15 f.

On et un font un,

OU

M. FABVIER

ET

M. CHARRIER-SAINNEVILLE.

PAR M. LE COMTE DE MONTRICHARD,
Chevalier de Saint-Louis, ci-devant Sous-Préfet à Villefranche (Rhône).

Quousque tandem ?
Cic.

DEUXIÈME ÉDITION.

PARIS,

J. G. DENTU, IMPRIMEUR-LIBRAIRE,
rue des Petits-Augustins, n° 5 (ancien hôtel de Persan);
et Palais-Royal, galeries de bois, n° 265 et 266.

1818.

UN ET UN FONT UN,

ou

M. FABVIER

ET M. CHARRIER-SAINNEVILLE.

M. Fabvier a escaladé les rochers de Diernstein et les redoutes de la Moskowa; il a traversé bien des fois le Tage, le Danube, le Dnieper et l'Euphrate. C'est lui qui nous a révélé de si grands exploits (1); il n'y a plus moyen de les révoquer en doute.

Que va devenir un si grand homme, aujourd'hui que l'Europe respire enfin, et qu'il n'y a plus de lauriers à cueillir sur le champ de bataille? Se vouera-t-il a l'oubli? Laissera-t-il s'obscurcir un nom sorti si radieux des eaux du Tage, du Dnieper et de l'Euphrate? Non, il ne sera pas dit que M. Fabvier soit tout à fait perdu pour le genre humain. Il écrira; et puisqu'il est enfin décidé qu'il ne peut plus étonner l'Europe par ses hauts faits, il l'éclairera par ses écrits.

Qu'on ne lui demande pas, au surplus, d'où lui est venu son mandat; il répondra qu'il est homme et citoyen (2); cela est fier, mais cela dit tout. Pour moi, je l'avoue, jamais mission ne me parut mieux établie, et je ne vois

---

(1) *Lyon en* 1817, 2e partie, p. 4.
(2) Ibid., p. 5.

pas ce qu'il y a à dire à un écrivain qui présente de telles lettres de créance.

J'ai quelque envie de comparer M. Fabvier à César. Cette comparaison pourra paraître singulière ; mais, en conscience, il existe entre ces deux personnages des traits frappans de ressemblance.

· César maniait tour à tour, avec une égale habileté, l'épée et la plume ; et M. Fabvier, de même. L'un prit les Gaules, et fit des *Commentaires ;* l'autre a emporté de vive force des rochers et des redoutes, et a fait *Lyon en* 1817.

Mais il y a aussi entre ces deux hommes étonnans quelque différence. Par exemple, M. Fabvier, après s'être bien battu, est resté colonel (1) ; et César, comme on le sait, est allé beaucoup plus loin. Je sais que M. Fabvier n'a là-dessus aucun reproche à se faire, et qu'il doit s'en prendre au caprice de la fortune, et peut-être à l'injustice du siècle (2) ; mais enfin cette différence existe, et il était de mon devoir de la signaler.

Il y a encore une différence remarquable entre le général romain et le colonel français : c'est que le premier n'était point ennemi des agitations politiques. Jeune encore (à ce que dit l'histoire), il fut complice de la conjuration de Catilina ; il échappa néanmoins aux preuves, et presque aux soupçons. Il sut se taire ; il laissa les cours prévôtales de ce temps-là aller leur train, et n'eut point la mauvaise foi de rejeter sur le consul de Rome les projets des conjurés. Celui-ci put s'écrier tout à son aise :

O fortunatam, natam me consule Romam !

M. Fabvier est, sur cet article, un tout autre homme.

----

(1) *Lyon en* 1817, 2ᵉ partie, p. 4.
(2) Ibid.

Non seulement il ne s'amuse pas à conspirer, il nie les conspirations les plus évidentes. S'il lui arrive d'y croire un peu, il les met sur le compte de ceux-là mêmes qui ont comprimé le mouvement, ou bien il outrage les tribunaux qui ont puni les conspirateurs, attendu que ce n'était pas la peine. S'il y avait eu à Rome un Fabvier du temps de Catilina, Cicéron et le sénat ne se seraient pas vantés impunément d'avoir sauvé la république. Marcus-Fabius-Fabvier n'aurait pas manqué de faire une brochure intitulée *Rome en 697 de sa fondation ;* et aussitôt les partisans de Catilina se seraient écriés dans toute l'Italie, que la brochure avait raison, et que le consul et le sénat étaient des conspirateurs.

Il me tarde d'arriver à M. Charrier-Sainneville. Et lui aussi ne croit pas aux conspirations ; il est tout Fabvier sur ce point ; et l'identité est telle, que l'on serait embarrassé de dire lequel est l'écho ou la muse de l'autre. Il n'existe entr'eux qu'une seule différence ; c'est qu'on aperçoit une sorte d'âpreté romaine dans le faire et dans le dire de M. le colonel, tandis que, dans tout ce que fait, dans tout ce que dit M. l'ex-lieutenant de police, il y a quelque chose qui tient du grec. Il vient de publier, en français, un *Compte rendu ;* et ce Compte rendu est du grec pour bien du monde.

A qui en veulent-ils tous deux ? Quel but se sont-ils proposés dans leurs indignes brochures ? Ils ont entrepris de prouver que la conspiration du 8 juin 1817 était l'ouvrage des royalistes. Mais au 8 juin on criait vive Napoléon ! vive la république ! Je m'étonne qu'on accuse de cette sédition les amis de la monarchie légitime. Soutenir que c'étaient les royalistes qui remuaient alors, et qui ne voulaient pas du Roi, c'est dire que ce sont les royalistes qui regrettent les cent jours ; c'est associer des idées qui se choquent et se repoussent. En vérité, comme dit Montaigne , *on ne saurait trop baffouer l'impudence de cet accloupage.*

Je n'ai cependant pas pris à tâche de réfuter le paradoxe de M. Fabvier et de M. Charrier-Sainneville : on l'a fait avant moi. Je ne me propose que de mettre au grand jour leurs mensonges sur quelques faits particuliers. Si j'atteins ce but , je n'aurai pas écrit en vain ; une partie de leur système s'écroulant ainsi , le lecteur sera en garde sur le reste.

Qu'on ne me demande pas pourquoi je prends la plume, et d'où me vient mon mandat ; je répondrai , comme ces messieurs , que je suis homme et citoyen ; je justifierai ensuite ma mission par des titres moins solennels , mais plus irrécusables. On a débité , sur le compte de l'arrondissement de Villefranche , où j'ai été sous-préfet en 1816 et 1817, de choquantes absurdités ; on est même allé jusqu'à calomnier ma vie publique ; j'ai donc le droit, ce me semble , de repousser ces attaques, de défendre ceux qui furent mes administrés, et de me défendre moi-même.

La plus insigne mauvaise foi éclate dans tout ce qu'a écrit M. Fabvier sur Villefranche. On remarque d'abord qu'il affecte de rappeler des faits qui se seraient passés non en 1817, mais en 1816, et qui conséquemment n'auraient pas dû trouver place dans de prétendus tableaux des évènemens de 1817. Le but de cet anachronisme saute aux yeux ; mais plus notre conteur a d'intérêt à tout brouiller, plus je m'efforcerai de séparer ce qu'il importe de ne pas confondre.

Je commencerai par les faits relatifs aux frères Bacheville.

A entendre M. Fabvier (1), les deux frères Bacheville,

---

(1) *Lyon en 1817*, 2ᵉ partie , page 37.

anciens militaires, étaient venus voir leurs parens à Villefranche; voilà leur crime. On envoya des gendarmes pour les arrêter; ils résistèrent et se retirèrent; et comme la garde nationale qui avait été sommée de les poursuivre, préféra laisser cette gloire et ce péril aux gendarmes, on cria à la révolte, et on logea chez les suspects un détachement de cavalerie. M. Fabvier ajoute que, par suite de cette affaire, les sieurs A.... M.... et D...., tous trois gardes nationaux, furent mis en prison, et y restèrent deux mois sans procédure et sans jugement.

Tel est le récit de M. Fabvier; voici maintenant les faits dans toute leur vérité.

Les deux frères Bacheville, de Trévoux, habitaient le département de l'Ain; on prétend même qu'ils y avaient été mis en surveillance. On ne tarda pas à s'apercevoir qu'ils faisaient de fréquentes courses à Villefranche, non pour voir leurs parens, mais pour y répandre des bruits et des écrits séditieux.

Le 4 mars 1816, ils résistèrent ouvertement, dans le café de la Paix, au commissaire de police et au maréchal-des-logis de la gendarmerie; l'aîné eut l'audace de porter le pistolet sur la gorge de ce sous-officier, qui le sommait d'exhiber son passe-port. Il était alors deux heures après-midi; et la violence de ce furieux avait attiré beaucoup de monde; le commissaire de police demanda en vain main-forte de *par le Roi*; toute la foule, qui était nombreuse, resta immobile; les pompiers, qui étaient accourus au bruit, n'obéirent pas plus à l'appel que les autres, et les Bacheville prirent la fuite. Poursuivis par les gendarmes, le cadet se cacha et disparut à leurs yeux; l'aîné gagna les bords de la Saône, et en s'échappant, tira presque à bout portant un coup de pistolet sur le maréchal-des-logis, qui heureusement ne fut pas atteint. Il est faux, au surplus, que la garde

nationale eût été requise de les poursuivre; on la calomnie quand on dit qu'elle ne voulut point de cette
gloire et de ce péril.

Instruit de ce qui venait de se passer, M. le préfet se
rendit, le 6 mars, à Villefranche; et, par arrêté du même
jour, il fit placer en garnison 5o hommes de cavalerie
chez les individus qui n'avaient pas obéi à l'appel fait,
au nom du Roi, par le commissaire de police; garnison
qui dura trois à quatre jours. Par un autre arrêté, et
en vertu de la loi du 29 octobre 1815, il fit arrêter
quatre individus que leur conduite équivoque, lors de
la scène scandaleuse du 4 mars, avait rendus fort suspects.

Par une lettre du 18 (1), M. le préfet me manda que
S. E. le ministre de la police lui annonçait qu'à raison
de l'importance qu'elle attachait à l'arrestation des frères
Bacheville, elle m'autorisait à promettre des récompenses à quiconque faciliterait cette arrestation. Cependant
les frères Bacheville ne purent point être arrêtés; ils ont
été condamnés par contumace, par arrêt de la cour prévôtale, du 9 juillet 1816, aux peines qu'ils avaient en-
courues, l'un pour tentative de meurtre sur un agent
de la force armée en fonctions, l'autre pour fait de re-
bellion contre la force armée et contre l'autorité admi-
nistrative. Depuis, les intéressans frères Bacheville n'ont
point encore songé à purger leur contumace.

Que dirai-je de ce *comité* si amèrement signalé par
M. Fabvier (2), et dont les membres auraient envahi
tous les emplois de Villefranche, après avoir fait des-
tituer, sur une simple dénonciation, tous les anciens
fonctionnaires publics; de ce comité, dans le sein du-

(1) *Pièces justificatives*, n° 1.
(2) *Lyon en* 1817, 2e partie, page 55.

quel M. le curé s'était rendu en vain pour l'engager à se dissoudre et à laisser en paix la contrée ?

Je puis attester que tout ce qu'on nous débite ici n'est qu'une pure fiction, imaginée sans doute pour détourner l'attention de réunions très-réelles et très-déplorables, que je ne pus parvenir à faire cesser pendant tout le temps que dura mon administration.

Il est très-vrai qu'après le second retour du Roi, quelques-uns des anciens fonctionnaires de Villefranche furent remplacés. Mais par qui? Par des personnes (ceci est de notoriété publique) qui étaient étrangères à cette ville, qui n'y avaient jamais habité auparavant, et qui conséquemment n'avaient pas fait partie du prétendu comité.

Quant à ce qu'on ajoute que M. le curé de Villefranche se rendit en vain dans le sein de ce comité pour l'engager à se dissoudre et à laisser la contrée en paix , ce n'est qu'une nouvelle fiction imaginée pour accréditer la première. C'est ce qu'établit une déclaration formelle que ce vertueux ecclésiastique a faite par écrit, et à laquelle il permet qu'il soit donné toute la publicité possible (1).

M. Fabvier n'est pas plus heureux dans ce qu'il raconte sur la bénédiction des drapeaux de la garde nationale de Villefranche. Il a le courage de dire que, lors de cette solennité en 1816, les nommés Beroujat cadet, Sandelion et Lefay furent frappés à coups de sabre, et que leur sang coula sur la place publique, parce qu'ils n'avaient pas fait éclater leurs transports assez haut lorsque le cortége avait défilé. Il assure ensuite que les magistrats furent témoins de cette scène violente; et il demande hardiment où est la procédure qui dut être instruite contre les auteurs de tels excès (2).

______

(1) *Pièces justif.*, n° 2.   (2) *Lyon en* 1817, 2ᵉ part., p. 56.

Tout est fabuleux dans ce récit. Ces coups de sabre donnés , et ce sang qui a coulé sur la place publique , ne sont qu'un conte odieux qui pourrait être démenti par des milliers de témoins ; qui l'a été par le sieur Beroujat, dans une attestation écrite (1), et qui sûrement le serait aussi par le sieur Sandelion , s'il n'était absent dans ce moment de Villefranche. Le sieur Beroujat déclare qu'ayant lu le Mémoire du colonel Fabvier, il a vu avec surprise ce que cet officier raconte de lui, de Sandelion et d'un sieur Lefay ; il affirme que ni lui ni Sandelion ne furent, lors de la bénédiction des drapeaux, l'objet d'aucune insulte, ni même d'aucune provocation. Enfin il atteste, quant au nommé Lefay, qu'il ne connaît point d'individu à Villefranche qui porte ce nom ; ce qui (continue-t-il) *ajoute encore à l'absurdité de la citation de M. le Colonel.*

M. Fabvier , dont la philanthropie est extrême, ne manque pas de s'apitoyer sur l'arrestation prétendue arbitraire (qui aurait eu lieu au mois de juin 1817) des sieurs J.... et P....

 « M. J.... (dit-il) est mis en prison pendant trente-
« sept jours, parce que les trois couleurs dominaient ,
« disait-on, dans son enseigne ; sur le rapport que le
« bleu y manque , il est mis en liberté. M. P.... de-
« meure vingt-sept jours en prison, sans qu'on veuille
« lui dire de quoi il est accusé ; il porte plainte en
« vain (2). »

La vérité est que le sieur J.... était prévenu d'avoir exposé sur sa boutique une enseigne aux couleurs prohibées, et de recevoir chez lui des concialiabules de malveillans. Quant au sieur P...., il était accusé d'avoir fait

---

(1) *Pièces justificatives* , n° 3.
(2) *Lyon en* 1817, 2ᵉ partie , page 57.

partie, avant le 8 juin, de réunions séditieuses chez des individus signalés comme les ennemis les plus déclarés du Gouvernement. Ils furent arrêtés l'un et l'autre en vertu de lettres expresses de M. le préfet, et mis ensuite à la disposition de M. le procureur du Roi. Leur arrestation ni leur détention n'eurent rien d'arbitraire ; leur procédure fut instruite dans la forme légale ; le rapport en fut fait dans la chambre du conseil ; et comme les charges articulées contr'eux ne parurent pas suffisamment établies, ils furent mis en liberté par une ordonnance de cette chambre.

Mais ce qui est sur-tout digne de l'attention du lecteur, c'est le conte que nous fait M. Fabvier sur de prétendus abus d'autorité dont auraient été victimes un sieur Ollier et un sieur Velu.

M. Fabvier prétend (1) qu'un vieux coq placé sur une pendule fut pris pour une aigle, par deux soldats d'un détachement passant par Villefranche, qui furent logés chez le sieur Ollier. Les deux soldats arrêtent Ollier et le conduisent à leur chef ; on lui demande s'il a des biens nationaux ; et sur sa réponse affirmative ; il est conduit sur la place publique, entre huit fusiliers à qui on recommande de se munir de cartouches. « Ollier (continue « M. Fabvier) s'évanouit, demande un confesseur, sa « femme et ses enfans. On le frappe et on le remet en pri- « son, en lui disant qu'il sera fusillé le lendemain en arri- « vant à Mâcon, pour l'exemple de cette dernière ville. « Le malheureux Ollier passe la nuit dans ces angoisses ; « pendant ce temps, sa femme, ses enfans, ses amis « couraient chez les autorités ; l'affaire n'était de la com- « pétence de personne ; plusieurs trouvaient le châti- « ment mérité. Le lendemain, Ollier est couché sur le

---

(1) *Lyon en* 1817, 2ᵉ partie, page 56.

« parapet du pont, dépouillé, battu ; son sang coulé ;
« et aucun magistrat n'élève la voix en sa faveur, quoi-
« que deux mille témoins se présentent. »

Il est difficile, en lisant de tels mensonges, de con-
tenir son indignation.

Il est vrai qu'Ollier fut injustement arrêté par des soldats qui avaient été exaspérés. Ces militaires lui reprochaient d'avoir une aigle sur une vieille horloge, et c'é-
tait une erreur. Ils lui reprochaient d'être l'auteur de
propos offensans qui avaient été tenus sur le régiment
dont ils faisaient partie, et c'était une autre erreur. Ollier, arrêté le soir, fut conduit sur les trois heures du
matin, au moment du départ du régiment, devant la porte
de l'église. Là, il eut à essuyer, pour tous mauvais trai-
temens, quelques reproches et quelques menaces ; et il
fut rendu à deux adjoints de la mairie, qui, dès la veille,
s'étaient empressés de faire des démarches pour obtenir
sa mise en liberté.

Voilà toute la vérité : les faits, tels que je viens de les
raconter, sont de notoriété publique ; ils sont attestés
par le sieur Ollier lui-même, qui en a fait sa déclaration
par écrit (1). Les cartouches, le confesseur, le parapet,
le sang qui a coulé, ne sont que d'indignes suppositions,
forgées avec autant de méchanceté que d'impudence.

Je viens au sieur Velu ; et c'est ici sur-tout qu'éclate
le méprisable charlatanisme de l'écrivain. Ecoutez, lecteur, cet étrange épisode ; le voici tel que nous le présente le colonel Fabvier (2), et tel à peu près qu'il l'a
extrait lui-même d'un pamphlet périodique (3), dont les

---

(1) *Pièces justificatives*, n° 4.
(2) *Lyon en* 1817, 2ᵉ partie, page 57.
(3) *Bibliothèque historique*, t. 1, 5ᵉ cahier, page 507.

auteurs viennent d'être traduits devant la police correctionnelle , à Paris.

« M. Velu , ancien capitaine (s'écrie M. Fabvier), est
« arrêté pour avoir donné à son cheval *un nom cher à tous*
« *les bons Français* (le Cosaque). Je n'ose achever ! Il
« tombe malade de chagrin , on le met à l'hôpital, mais
« chargé de fers..... il meurt! »

« Trois autres personnes (ajoute-t-il) meurent dans
« les prisons, accusées de délits à peu près semblables..»

M. Fabvier déclare qu'il n'ose achever; je le crois
bien......! Ce qui m'étonne , c'est qu'il ait osé entreprendre un tel récit. A peine osé-je (quoique la vérité
le veuille) l'entreprendre moi-même. Voici les faits

Velu, ancien charcutier à Salles, près de Villefranche ,
se fit soldat dès le commencement de nos troubles politiques; il arriva jusqu'au grade de capitaine, et quitta le
service en 1794 ou 95. On avait oublié, en 1817, qu'il
eût été capitaine; ce titre ne lui est donné dans aucun
acte.

L'opinion de cet individu était excessivement mauvaise ; on le soupçonnait d'avoir pris part aux évènemens
du 8 juin; il était accusé d'avoir souvent invoqué le nom
de l'usurpateur ; sa haine contre le gouvernement légi-
tenait de la frénésie.

Maintenant, pour que le lecteur saisisse ce qui me reste
à dire , il faut qu'il se pénètre bien de tous les maux qu'a
faits à la morale publique une révolution de 25 ans ; il
faut qu'il se rappelle un instant à sa pensée, tout ce que
cette révolution enfanta de corruption et d'audace dans le
cœur de quelques hommes grossiers.

Arrêté le 16 juin 1817 , Velu est interrogé. Je ne dirai
pas de quel attentat il était prévenu ; je ne le pourrais
sans violer le profond respect que je dois au nom le plus
sacré et le plus auguste..... C'est ce nom révéré et cher

à tous les bons Français, qu'un misérable, sorti de la lie du peule, et formé à l'école de la dépravation, avait osé profaner, outrager.

Je m'arrête..... Le lecteur m'a compris. S'il lui reste du doute, qu'il s'adresse au gref du Tribunal de Villefranche; l'interrogatoire existe ; le doute se dissipera.

C'est donc en transformant en une parade ridicule un horrible outrage, que le colonel Fabvier veut éclairer la France, et qu'il promet de lui payer sa dette comme homme et comme citoyen! C'est ainsi qu'un officier français se montre ami de la vérité ! Hélas ! où sont les Bayard, les Crillon, les d'Assas?..... Que sont-ils devenus, ces nobles enfans de la valeur et de la droiture ? eux qui s'illustrèrent moins par leurs exploits que par leurs vertus, et qui seraient morts mille fois plutôt que de souiller la pureté de leur vie par un mensonge! ... *Heu prisca fides !*

Mais achevons de parcourir la narration de M. Fabvier. Il dit que Velu tomba malade de chagrin, qu'on le mit à l'hôpital, et que, chargé de fers, il mourut. Il ajoute que trois autres personnes moururent dans les prisons, accusées de délits à peu près semblables.

Il y a ici autant de mensonges que de mots.

Velu ne tomba point malade de chagrin, il ne fut pas chargé de fers, il ne mourut point à l'hôpital. Acquitté le 16 juillet 1817, par la chambre du conseil, parce que les preuves n'étaient pas décisives, il fut mis sur le champ en liberté, mourut de maladie le 28 décembre (c'est-à-dire *cinq mois après*), dans le domicile d'une de ses sœurs, à Glaizé, faubourg de Villefranche. Je rapporte son extrait mortuaire (1).

Quant aux trois individus qui seraient morts en prison accusés de délits à peu près semblables, M. Fabvier ment

____

(1) *Pièces justificatives*, n° 5.

encore. Deux seulement moururent, non en prison, mais à l'hôpital. L'un est un nommé Buffet, mendiant avec insolence et avec faux passe-port, et prévenu d'escroquerie ; l'autre est un nommé Vachot, arrêté comme voleur avec des circonstances aggravantes, et dont les complices ont été condamnés aux fers. Ces faits sont constatés par les registres des greffes et par ceux de la mairie. Certes, celui-là a reçu du ciel une rare audace, qui ose recommander de telles victimes à la sensibilité de ses lecteurs !

Les voilà enfin parcourues, les fables ridicules qu'a débitées M. Fabvier sur l'arrondissement de Villefranche. Ma tâche sur ce point est finie ; et c'est de M. Charrier-Sainneville que je vais maintenant m'occuper ; mais pour l'intelligence de ce qui va suivre, il est nécessaire d'entrer ici dans quelques détails.

Il est constant qu'après les évènemens du 8 juin, des bruits alarmans continuèrent à circuler à Lyon et dans les campagnes. M. le comte de Chabrol, alors préfet du Rhône, en rendait un compte exact, presque jour par jour, à l'autorité supérieure : sa correspondance l'atteste (1).

M. de Chabrol, au milieu de cette agitation soutenue des esprits, regarda comme indispensable, ainsi qu'il le déclare lui-même (2), d'envoyer dans le département quelques agens secrets pour observer la marche de l'opinion publique, et prévenir de nouvelles entreprises de la part des factieux. Un de ces agens secrets fut le nommé *Blanc*.

Cet agent arriva auprès de moi le 26 juin 1817. Il m'apportait une lettre de M. de Chabrol, en date du 25, par laquelle ce magistrat me marquait lui avoir donné

---

(1) *Mémoire de M. Chabrol*, p. 36, 37 et 38.
(2) Ibid.

une mission, et me priait de l'accueillir avec confiance, et de l'aider en tout ce qui dépendrait de moi (1).

Blanc était porteur d'un *carnet* qu'il devait, en parcourant les diverses communes, présenter au *visa* de MM. les Maires, afin de justifier, aux yeux de M. le Préfet, l'emploi de son temps. Il ne m'appartenait en aucune manière de scruter la mission de Blanc, ni de chercher à en apprécier la cause ou l'objet; j'avais dans les vertus de M. le Préfet, et dans le peu de mystère dont s'enveloppait ce magistrat, une double garantie qu'une telle mission ne pouvait avoir qu'un motif et un but honnêtes. D'ailleurs, j'étais subordonné ; je recevais des ordres ; il ne me restait qu'à obéir. Je remis à Blanc une circulaire pour MM. les Maires de l'arrondissement, qui était ainsi conçue : « Le nommé *Pierre Blanc*, qui vous remettra « cette lettre, se rend dans votre commune, chargé d'une « mission par M. le Conseiller d'Etat, Préfet. Je vous « prie de l'accueillir avec confiance, et de l'aider dans sa « mission, en tout ce qui dépendra de vous. Veuillez lui « donner, à cet effet, tous les renseignemens qui seront « en votre pouvoir, et lui accorder assistance et protec- « tion, en cas de besoin. »

Blanc, porteur de ma lettre et des papiers dont l'avait muni M. le Préfet, partit pour sa destination; sa tournée fut d'un mois; il revint à Villefranche le 1er *août.* Ici je prie le lecteur de redoubler d'attention ; il se convaincra bientôt que c'est sur ce qui se passa ce jour-là à Villefranche, que M. Fabvier et M. Charrier-Sainneville ont établi tout leur plan d'attaque.

Blanc, qui s'était glissé au milieu de gens mal notés pour leurs opinions politiques, employa la matinée du 1er août à courir avec eux les cabarets de Villefranche.

---

(1) *Pièces justificatives*, n° 6.

Ces individus, à ce qu'il paraît, lui parlèrent très-ouvertement, et ne tardèrent pas à craindre de s'être compromis ; ils le dénoncèrent à un adjoint de la mairie et au maréchal-des-logis de la gendarmerie. Blanc fut arrêté ; mais ayant fait connaître, par les titres dont il était porteur, qu'il était employé par M. le Préfet, il fut relâché sur le champ. Il est constant que ce fut sur la foi seule de ces titres qu'il fut relâché, que je n'intervins en rien dans cette affaire, qu'en un mot je n'y pris aucune part. M. Charrier-Sainneville en impose, quand il ose avancer que ce fut moi qui fis mettre Blanc en liberté (1) ; je lui donne, sur un fait aussi notoire, un démenti formel.

Blanc, mis en liberté, m'écrivit, dans la soirée du même jour, 1er *août*, une lettre contenant un rapport de tout ce qu'il prétendait avoir observé. Il me disait que c'était la république que l'on se proposait de proclamer, et que le jour choisi pour frapper le coup, était le 25 août, jour de la Saint-Louis. A la suite de ce rapport était une *liste* d'une quinzaine de personnes environ, qu'il me signalait comme très-malintentionnées.

Quelque peu de confiance que m'inspirassent de tels renseignemens, je crus de mon devoir de les transmettre à M. le Préfet, et depuis je n'eus plus avec Blanc aucune relation.

Mais voici ce qui arriva :

Il paraît que M. Charrier-Sainneville fut instruit immédiatement, et de la tournée de Blanc dans l'arrondissement de Villefranche, et de son arrestation, et de sa mise en liberté. Or, déjà à cette époque, M. le Lieutenant de police rêvait au noir projet de faire regarder la conspiration du 8 juin comme une jonglerie politique, ouvrage de quelques royalistes ; il lui sembla que cet

____

(1) *Compte rendu*, p. 128.

épisode de Blanc, qui lui était offert par la fortune, était merveilleusement propre à accréditer ses rêveries ; et ce fut sur ce thême frivole, qu'accusé lui même par les révélations d'un nommé *Fiévée*, dit *Champagne*, il s'efforça de broder l'inconcevable théorie qu'il nous présente aujourd'hui.

Plein de son idée, M. le Lieutenant de police fit d'abord arrêter Blanc, et se saisit de ses papiers. Il m'écrivit ensuite une lettre insidieuse, qu'il faut transcrire ici mot pour mot.

« Lyon, le 8 août 1817. Monsieur le Sous-Préfet,
« j'ai été informé que des tentatives d'enrôlement au
« nom d'une prétendue république, avaient été faites
« à Villefranche et dans les communes des environs ; on
« a même dû vous prévenir de ces manœuvres. Sans
« doute que regardant ces tentatives comme un moyen
« employé pour sonder l'opinion de quelques individus,
« vous n'avez pas cru devoir en saisir les auteurs. *Je désire*
« *savoir de vous* ce qui s'est réellement passé ; il est de
« mon devoir, dans les circonstances présentes, de tout
« vérifier. Je fais partir pour Villefranche M. Feroussat,
« l'un de mes commissaires ; il est chargé de vous re-
« mettre cette lettre, et de recevoir de vous les éclair-
« cissemens convenables, afin qu'instruit par vous-
« même, il puisse agir plus sûrement dans la mission
« dont il est chargé, et ne contrarier en rien les
« mesures que vous auriez pu prendre. Veuillez
« agréer, etc. (1). »

---

(1) M. Charrier-Sainneville s'est bien gardé d'imprimer cette lettre dans son *Compte rendu* ; c'eût été révéler à ses lecteurs le but dans lequel il me l'avait écrite, et, il faut le dire, M. Charrier-Sainneville n'est pas capable d'une telle gaucherie.

Je n'étais point en garde contre le piége que me tendait le lieutenant de police; il faut avoir le génie du mal, pour soupçonner le mal; je lui répondis le lendemain 9 *août*, et lui appris, sans réserve, tout ce qui était à ma connaissance, comme déjà je l'avais appris à M. le préfet. Voici quelle fut ma réponse :

« Villefranche, le 9 août 1817. Monsieur, j'ai l'honneur
« de répondre à votre lettre du 8 du courant, ainsi con-
« çue, etc. etc. » (*Ici je copiais presque en entier la lettre de M. Charrier-Sainneville; ensuite je continuais ainsi :*) « Le 1ᵉʳ de ce mois (1), le nomme Pierre Blanc,
« qui avait déjà fait une tournée dans cet arrondissement,
« vint me demander quelques renseignemens sur les
« malveillans de cette ville. *Il y resta toute la journée,*
« *courut dans les cabarets avec ces gens-là, en se disant*
« *de leur parti.* Ceux-ci s'étant aperçus qu'ils en avaient
« trop avoué, le dénoncèrent à un adjoint de la mairie,
« et au maréchal-des-logis de la gendarmerie. Le nommé
« Blanc fut aussitôt arrêté et mis en prison; mais ayant
« fait connaître, par les titres dont il était porteur, qu'il
« était employé par le gouvernement, il fut de suite mis
« en liberté. Alors il me fit passer les noms des per-
« sonnes qu'il m'avait découvertes comme suspectes, et
« qui ne s'étaient entretenues avec lui que du renversement
« du trône pour y suppléer la république. Je crois rem-
« plir le but de votre lettre en vous faisant connaître les
« individus qui ont été signalés, et dont une partie a

---

(1) M. Charrier-Sainneville n'a pas manqué de publier ma réponse (*Compte rendu,* page 64 des Pièces Justificatives; mais il ne l'a copiée qu'à partir de ces mots : *Le 1ᵉʳ de ce mois;* il a adroitement supprimé ce qui précédait. Pourquoi a-t-il ainsi tronqué ma lettre ? C'est qu'en la copiant en entier, il eût fait connaître la sienne.

« une correspondance directe à Lyon avec MM.... Ces
« individus , tous habitans de cette commune, sont, etc.
« etc. etc. (*Ici je copiais la liste que m'avait remise*
« *Blanc.*) Le but et l'intention de tous ces individus ,
« est, *suivant l'auteur*, pour le 25 du courant. J'ai
« rendu dans le temps compte de ces faits à **M. le**
« Préfet. Agréez , etc. »

J'écrivais, comme on le voit, sans réserve ; je ne ca-
chais rien, parce que j'étais loin de croire d'avoir rien
à cacher ; et c'était précisément sur cet abandon de **ma**
part, que le cauteleux lieutenant de police avait compté.

Ma lettre arrive ; déjà M. Charrier-Sainneville en est
en possession ; je laisse à ses amis le soin de se former
une idée de l'excès de sa joie. J'avouais dans cette lettre
que Blanc *était resté toute la journée du* 1er *août dans
les cabarets de Villefranche avec des malveillans , en se
disant de leur parti.* Or, cet agent avait été envoyé par
M. de Chabrol ; ma lettre était donc la preuve écrite
d'une provocation opérée au *mois d'août* par ce magistrat et par les gens de bien qui lui ressemblent, pour
opérer un mouvement.

Ainsi, de ce qu'un agent infidèle avait abusé de son
mandat le 1er *août* à Villfranche, on concluait que M. de
Chabrol, qui employait cet agent, voulait au *mois d'août*
soulever cette contrée ; et, de cette prétendue tentative,
pratiquée au mois d'août, on concluait hardiment que
c'était une provocation semblable qui avait enfanté les
évènemens du 8 juin. Telle est en peu de mots l'étrange
et perfide théorie que méditait dans le silence M. le lieutenant de police ; tel est le sophisme inoui qu'il se proposait de donner bientôt à dévorer à la France.

On sait avec quelle adresse lui et les siens ont élaboré
ce sophisme, avec quelle persévérance ils ont couvé ce

germe fécond, et ont fait éclore cette étrange découverte, que depuis l'expulsion de Buonaparte, et depuis
le recond retour du Roi, ce sont les royalistes qui ont
voulu rappeler Buonaparte ou établir la république !...
Étrange bouleversement d'idées, monument rare d'ex-
travagance, devant lequel les contemporains restent im-
mobiles de stupeur, et qui ne passera à la postérité que
pour lui donner la mesure de l'inconcevable délire où
les passions peuvent précipiter l'esprit humain.

Il est constant que jusqu'à la fin de *juillet* 1817, il ne
s'était élevé aucun doute à Paris sur la réalité, la cause
ni la nature des évènemens du 8 *juin* précédent. On en
a la preuve dans cette lettre si positive (1), qu'écrivait,
le 18 *juillet*, S. Exc. le garde des sceaux à M. le pro-
cureur-général près la cour royale de Lyon ; lettre solennelle, dans laquelle ce ministre applaudissait au zèle
que mettaient les magistrats dans les poursuites qui

---

(1) Voici un extrait de cette lettre de S. E. le garde des
sceaux, tel que l'a publié M. le prévôt du Rhône, dans sa
réponse justificative, pages 48 et 49. « Paris, 18 juillet 1817.
« Monsieur, j'ai reçu avec votre lettre du 8 juin un extrait
« des jugemens de compétence, rendus par la cour prévô-
« tale du Rhône, et confirmés par la cour royale de Lyon
« contre 53 individus présens ou fugitifs, tous prévenus
« d'être auteurs ou complices des évènemens qui viennent
« de se passer dans le département du Rhône. Je ne puis
« qu'applaudir au zèle éclairé et soutenu que les magistrats
« mettent dans les poursuites qui doivent assurer la ré-
« presion de cet attentat....... J'approuve les mesures que
« vous avez adoptées relativement à la marche de l'ins-
« truction et à l'ordre des jugemens, dans l'immense pro-
« cédure dont la cour prévôtale est actuellement saisie,
« et dont vous m'instruisez par votre lettre du 28. Re—
« cevez, etc. »

devaient assurer la répression de l'attentat du 8 juin.

Mais cet état de choses devait être de courte durée. Muni de ma lettre, M. le lieutenant de police était, en même temps, maître de Fiévée, dit *Champagne*, et de Blanc, qu'il détenait (1).

Il s'était saisi, comme je l'ai dit, des papiers de celui-ci (2); et déjà, à la date du 17 *juillet* et 5 *août*, il avait fait subir à l'autre deux interrogatoires, qui viennent d'être mis au jour (3).

Les matériaux, comme on le voit, ne manquaient pas à M. le lieutenant de police; il était habile à s'en créer. Il se hâta de mettre en œuvre ces matériaux décorés aujourd'hui du nom imposant de *documens officiels*, et de les transmettre à Paris (4), et ce fut ainsi qu'à force d'audace et d'adresse, ce tardif furet de conspirations d'un genre nouveau, parvint à tromper l'autorité supérieure..... Il voulait établir du doute, et le doute fut établi (5); le lecteur connaît le reste.

Tout récemment, l'ex-lieutenant de police n'a pas hésité à publier ma lettre (6); et il s'en empare dans sa brochure, non seulement pour me calomnier, mais encore pour accréditer ses rêveries sur les évènemens du 8 *Juin :*

---

(1) *Compte rendu*, p. 132.

(2) M. le Lieutenant de police s'était saisi notamment du *carnet de Blanc*, qui est imprimé à la page 49 des Pièces justificatives du *Compte rendu;* carnet dont l'exacte identité avec celui dont Blanc était porteur, est bien loin d'être justifiée.

(3) Pièces justificatives du *Compte rendu*, depuis page 41 jusqu'à page 49.

(4) *Lyon en* 1817, 1re partie, p. 6.

(5) *Ibid. — Compte rendu*, pages 132, 133 et 133 à la note.

(6) *Compte rendu*, aux Pièces justificatives, page 64.

je me propose donc de repousser les calomnies dont je suis l'objet, et de jeter à mon tour un coup-d'œil sur ces évènemens devenus si célèbres, qui se sont passés depuis plus d'une année, et dont toutefois on se plaît encore à faire retentir l'Europe.

Lorsque je fus invité, le 8 août, par M. Charrier-Sainneville, à lui donner les renseignemens qu'il me de-mandait, je pouvais, si j'avais eu quelque chose à cacher, ne lui faire qu'une réponse évasive; mais j'étais de bonne foi, et je ne pensais pas qu'un magistrat pût demander autrement que de bonne foi des renseignemens d'utilité publique à un autre magistrat. Je consignai, dans ma réponse, tout ce qui était à ma connaissance, relativement à la mission de Blanc, .et à la conduite que cet individu avait tenue à Villefranche. Ma lettre était toute confidentielle, le secret en était inviolable, et néanmoins M. Charrier-Sainneville, au grand étonnement de toutes les personnes honnêtes, a violé indignement ce secret; il n'a pas craint de trahir le plus saint des devoirs : *grœca fides.*

Il ne s'est pas borné à publier ma lettre, il a publié aussi (en n'imprimant néanmoins que les initiales) *la liste* dont elle était accompagnée, liste que Blanc m'avait remise, et qui se composait d'une quinzaine de personnes, dont les opinions et la conduite, au dire de cet agent, méritaient d'être surveillées.

M. Charrier-Sainneville a poussé l'audace plus loin. Il ose prétendre que cette liste n'était pas l'ouvrage de Blanc, mais le mien, et qu'elle avait été formée dans les bureaux de la sous-préfecture. C'est cette imputation calomnieuse qu'il m'importe de repousser.

Sur quoi le lieutenant de police appuie-t-il cette assertion?

C'est sur le témoignage du commissaire de police de

Villefranche , sur celui des personnes désignées dans la *liste*, enfin sur celui de Blanc lui-même.

Sur celui (dis-je) du commissaire de police, qui a continué à exercer ses fonctions à Villefranche depuis que j'ai perdu ma place , et qui les y exerce encore aujourd'hui ! Sur celui des individus désignés dans la liste, qui furent alors interrogés, et à qui vraisemblablement on s'efforça de persuader que la liste qui les dénonçait, était mon ouvrage ! Sur celui enfin de Blanc lui-même, que M. Charrier-Sainneville avait fait arrêter dès les premiers jours du mois d'août, qu'il tint long-temps en son pouvoir, et dont il ne provoquait les déclarations que pour en faire le pivot de tout le système d'attaque qu'il déploie aujourd'hui ! Otez Blanc et Fiévée dit *Champagne* des affaires de Lyon, tout ce système s'écroule ou s'anéantit, et l'imposture est mise au grand jour. Blanc n'est donc évidemment ici que l'instrument, que l'agent, que le témoin de M. Charrier-Sainneville ; et ce sont de tels témoins que l'on administre contre moi !

Non, la liste dont il s'agit n'était point mon ouvrage. Ma lettre même, écrite alors sans méfiance à M. Charrier-Sainneville , le démontre. J'y disais positivement que c'était Blanc qui m'avait *fait passer les noms des personnes qu'il m'avait dénoncées comme suspectes , et qui ne s'étaient entretenues avec lui que du renversement du trône. J'ajoutais que le but et l'intention de ces individus étaient , suivant l'auteur, pour le 25 Août.* Enfin j'annonçais *que j'avais dans le temps rendu compte de ces faits à M. le Préfet.* De telles explications écrites franchement à une époque où je ne pouvais prévoir les aggressions qui ne devaient être dirigées qu'une année après contre moi, portent avec elles l'empreinte de la vérité, et cette vérité (j'ose le dire) ce ne sera pas M. Charrier-Sainneville qui l'effacera.

Les injures que cet homme s'est permis de me prodi-
guer, ne m'étonnent pas. Deux magistrats vertueux n'ont
pu échapper à ses traits empoisonnés ; il déchire avec
une égale joie, et M. le comte de Chabrol, dont le Roi
a recompensé les services, et M. de Fargues (1), que
Lyon vient de perdre, et que tout Lyon a pleuré. Cet
excès d'indignité contre M. de Fargues révèle M. Charrier-Sainneville tout entier. Quand on a la lâcheté d'outrager les morts, il est tout simple qu'on ne respecte pas
les vivans.

Je viens aux évènemens du 8 juin.

Selon M. Charrier-Sainneville, ces évènemens ne furent qu'une jonglerie criminelle, dont les royalistes furent les auteurs. Tel est tout le système du *compte rendu*.

Quel but se proposaient les royalistes dans cette espèce de fantasmagorie politique ?

De renverser l'*ordonnance du 5 septembre*.

Voilà ce qu'on nous révèle une année après les évènemens.

Ainsi c'était pour avoir des députés ultrà-royalistes
que les royalistes proclamaient au 8 juin Napoléon ou la
république, et se soulevaient contre le Roi.... En vérité
la plume tombe des mains.

Mais les évènemens du 8 juin (quels qu'en aient été
les moteurs) ont existé : ils sont très-réels ; vous en con-
venez ; et cependant l'ordonnance du 5 septembre n'est
pas tombée, elle est restée debout. Donc le but dont
vous parlez n'est que le rêve ridicule d'une imagination
en délire.

Direz-vous que les auteurs du mouvement se sont
trompés ; qu'il n'y avait aucune proportion, aucune har-
monie, entre le but et le moyen ?

---

(1) *Compte rendu,* page 9.

Vous n'avez pas même cette ressource ; car vous prétendez que maîtres du mouvement, les royalistes pouvaient le prolonger ou l'arrêter à leur gré. Donc ils l'ont arrêté trop tôt. Donc , voulant renverser l'ordonnance du 5 septembre, ils se sont stupidement arrêtés au moment où il fallait agir. Voilà, en vérité, des conspirateurs bien avisés.... Et c'est avec de telles absurdités qu'on espère accréditer la plus grave, la plus atroce des accusations !

Vous prétendez que la France se lèvera pour attester ce que vous avancez.

Non, la France ne se lèvera pas; mais je vais vous apprendre qui se lèvera.

Ce sont ceux qui applaudissent à vos écrits, qui vantent ceux du colonel Fabvier, qui dévorent la *Bibliothèque historique*, et tant d'autres productions de ce genre. En d'autres mots, ce sont ceux qui ne veulent pas de la monarchie légitime , ceux qui se réjouissaient le 20 mars , et qui regrettent les cent jours. Voilà les hommes dont (sans le vouloir sans doute) vous servez la cause par vos productions insensées. Voilà vos lecteurs , vos admirateurs ! Ce sont ceux-là qui se lèveront.....

Qui Fabium non odit, amet tua carmina , Mævi.

Vous osez accuser les royalistes d'avoir fait le 8 juin !

Toute accusation doit tomber, si elle est dénuée de preuve. C'est la règle éternelle du bon sens.

Maintenant, répondez-moi ; où sont vos preuves?

Sont-elles dans les écrits de M. Fabvier ? Il y trahit sa faiblesse et la vôtre ; il se borne à dire , pour toute preuve , *qu'il répètera au ciel et à la terre, que des ennemis du repos de la France ont employé des moyens odieux pour créer des troubles ou des apparences de troubles* (1).

Sont-elles dans votre propre écrit, dans ce que vous appelez vos *pièces justificatives?* Vous n'avez point de pièces , ou vous n'en avez que d'inutiles. Toutes celles que vous aviez si fastueusement annoncées, et que vous produisez si tardivement aujourd'hui, ont déconcerté vos amis. Elles ne prouvent rien; loin de fortifier votre système, elles l'ont ruiné. Il s'agit ici des évènemens du 8 juin, et il est remarquable que toutes les machinations que vous attribuez à Blanc, seraient postérieures; elles auraient commencé le 22 juin et auraient fini au mois d'août (2). Et qu'importerait, après tout, que des agens de l'autorité eussent abusé de leur mission avant ou après le 8 *juin?* La police générale ou particulière répond-elle de la vertu de vils agens dont elle est forcée de se servir ? Où est la preuve que cet abus sacrilége (s'il a eu lieu) ait été commandé par l'autorité? je ne cesserai , à mon tour, *de répéter au ciel et à la terre,* que cette preuve n'existe pas.

Où les chercherez-vous donc vos preuves ?

Sera-ce dans les actes des autorités administratives? ils sont contre vous.

Sera-ce dans ces nombreux témoins qui ont été entendus dans une procédure longue et solennelle ? ils sont contre vous.

Sera-ce enfin dans les déclarations qu'ont faites les prévenus eux-mêmes en face de la justice? elles sont contre vous.

---

(1) *Lyon en* 1817, 2ᵉ partie, page 7.

(2) *Compte rendu,* aux Pièces justificatives, depuis page 49 jusqu'à page 64.

On prétend que vous voulez en appeler à une *en-quête*.

Cet appel vous confond ; vous voulez des témoins ; donc vous n'avez pas de titres.

Et nous aussi, nous la voulons cette enquête, pourvu qu'elle soit faite *avec courage et impartialité*.

Nous la voulons, car il importe aux individus, à la nation, à l'Europe qui nous contemple et qui veut le repos, que la vérité ne soit plus captive.

La vérité........ Il y a long-temps qu'elle est connue.

Est-il de nos jours un seul homme de bonne foi qui puisse la méconnaître ? A-t-on oublié la convention, ses dogmes sanglans, ses attentats ? Qui ignore que ce sont les hommes de 93 qui furent les artisans ou les usufruitiers de la catastrophe du 20 mars ; qu'exilés ensuite de la France, ces vieux enfans de la convention, errant de contrées en contrées, excités peut être par tous les mécontens que récèle l'Europe, n'ont cessé, chargés comme ils sont d'or et de crimes, de méditer de nouveaux crimes et de nouvelles catastrophes ?

Les voilà les ennemis de la monarchie légitime ; ce serait une grande erreur que d'en chercher d'autres. Ce sont eux qui comptant sur une poignée d'affidés restés sur le sol français, ont produit, depuis le second retour du Roi, toutes nos agitations intérieurs ; ce sont eux qui, en 1816, armèrent Didier et Rosset ; ce sont eux qui, en 1817, portèrent le trouble et la désolation dans nos campagnes.

Non, ce ne sont pas les amis du Roi qui ont conspiré contre le Roi et contre la famille royale.

Les Français qui sont restés fidèles pendant les temps d'épreuves et de dangers, ne conspirent pas. S'ils ont des souvenirs, ils en repoussent la séduisante illusion ;

il leur suffit d'avoir retrouvé leur Roi légitime ; ils oublient le passé aux pieds du trône.

Qui a été fidèle en 1793, et qui le fut dans les cent jours, mourra fidèle.

Quant à moi, jeune encore j'apprenais déjà à servir le Roi et mon pays. Je fus du nombre des serviteurs de cette princesse auguste et malheureuse, qui était digne des hommages de tout l'univers, et qui trouva des bourreaux (1).

Plus tard, je combattis dans les rangs de Condé pour la Monarchie légitime.

J'avais puisé dans ma famille tous les sentimens d'honneur et de fidélité ; je les retrouvai purs et sans tache dans la famille à laquelle je m'alliai. Époux d'une des filles d'Imbert-Colomès, j'ai quelque orgueil à prononcer le nom de ce citoyen vertueux.

Naguères le Roi avait daigné récompenser mes faibles services ; il m'avait appelé aux fonctions de la première magistrature de l'arrondissement de Villefranche.

C'est en servant le Roi avec un entier devouement que j'ai perdu ma place ; mais le Roi est mon souverain et maître ; si j'avais mille vies, je les donnerais pour son service et pour la prospérité de la France.

Lyon, 21 juillet 1818.

---

(1) J'ai eu l'honneur d'être Page de S. M. la Reine Marie-Antoinette.

PIÈCES JUSTIFICATIVES.

N° 1.

Lyon , le 18 mars 1816.

Monsieur le Sous-Préfet , S. E. le ministre de la police générale m'annonce qu'en raison de l'importance qu'elle attache à l'arrestation des frères Bacheville , elle m'autorise à promettre des récompenses qui seraient acquittées par elle. J'ai l'honneur de vous prier de faire part de cette disposition à ceux qui pourraient faciliter la découverte de ces individus.

S. E. me charge en même temps de témoigner au Commissaire de police et aux Gendarmes, toute sa satisfaction sur la résolution qu'ils ont montrée dans l'exercice de leurs devoirs, et de leur donner les éloges qu'ils méritent.

Veuillez, je vous prie, en être l'interprête.... Recevez, M. le Sous-Préfet, etc.

N° 2.

Je soussigné, curé de Villefranche, département du Rhône, déclare et certifie n'avoir eu aucune connaissance d'un comité que l'auteur d'un écrit intitulé *Lyon en 1817*, prétend en la 2e partie, page 36, avoir existé à Villefranche, et *dans le sein duquel il dit que je me suis rendu en vain pour l'engager à se dissoudre.*

En foi de quoi j'ai signé la présente déclaration , à Villefranche, le 12 juin 1818.

Signé GENEVEY, Curé.

Vu à la Mairie, pour la légalisation de la signature de M. Genevey en la qualité qu'il a prise.

A Villefranche, le 12 juin 1818.

Signé ROYER-WILLOT.

N° 3.

Je soussigné David Beroujat cadet, grenetier, domicilié à Villefranche (Rhône), déclare, pour rendre hommage à la vérité, qu'ayant lu le mémoire du colonel Fabvier, j'ai vu avec surprise que cet officier prétend qu'en mille huit cent seize, à l'époque où se fit la bénédiction des drapeaux, les sieurs Lefay, Sandelion et moi, fûmes frappés à coups de plat de sabre et horriblement maltraités par le cortége qui traversait la ville, sous le prétexte que nous ne montrions pas assez d'enthousiasme.

J'affirme donc que le sieur Sandelion et moi n'avons pas reçu la moindre insulte, ni la moindre provocation. C'est pourquoi je m'empresse de repousser, comme calomnieux, tout ce que le colonel a dit sur mon compte. A l'égard du nommé Lefay, je ne connais point d'individu à Villefranche, qui porte ce nom ; *ce qui, à mon avis, ajoute encore à l'absurdité de la citation de M. le colonel.*

En foi de quoi, j'ai rédigé le présent certificat, que j'affirme être sincère, pour servir et valoir ce que de raison.

A Villefranche, le 30 juin 1818.

Signé DAVID BEROUJAT.

Vu à la mairie de cette ville, pour la légalisation de la signature ci-dessus.

Villefranche, 30 juin 1818.

Signé ROYER-WILLOT.

N° 4.

Je soussigné Antoine Ollier, marchand de bois, de-
meurant à Glaizé, faubourg de Villefranche (Rhône),
pour rendre hommage à la vérité, déclare qu'à l'époque
du passage d'un régiment qui se rendait de Lyon à Paris,
un propos désobligeant pour les soldats qui composaient
le corps, fut tenu près de chez moi et en mon absence,
par un individu de mon voisinage, et que cette circons-
tance jointe à ce que quelques soldats de ce régiment qui
étaient logés chez moi, avaient pris pour un aigle un coq
placé sur une vieille horloge, fut cause que je fus arrêté
et conduit dans la prison de la mairie de Villefranche,
dite le *Violon*, où je fus détenu depuis le soir jusqu'au
lendemain quatre heures du matin, époque du départ
dudit régiment.

A ce moment, un détachement vint me prendre, me
conduisit sur la place devant l'église ; et au milieu de
quelques reproches et menaces qui m'étaient adressés,
arrivèrent MM. les adjoints à la mairie de Villefranche,
qui déjà s'étaient intéressés pour moi, me réclamèrent
de nouveau, et de suite je leur fus rendu sans aucun
coup de qui que ce soit, ni aucune espèce de mauvais
traitement. En foi de quoi j'ai signé.

A Villefranche, le 20 juin 1818.

J'approuve ce que dessus, quoique non écrit de ma
main.

Signé OLLIER.

Vu pour la légalisation de la signature de M. Ollier
et *pour la sincérité des faits exposés en la présente.*

Fait en la mairie de Glaizé, le 20 juin 1818.

Signé DURIEU-BOTTET, Adjoint.

N° 5.

Extrait du registre des actes de décès de la commune de Glaizé, canton de Villefranche (Rhône).

L'an mil huit cent dix-sept, le vingt-huit du mois de décembre après midi , pardevant nous adjoint officier de l'état civil de la commune de Glaizé, canton de Villefranche , département du Rhône , sont comparus les sieurs Jean-Baptiste Marion, beau-frère par alliance, et Claude-Louis Charles , tous deux propriétaires à Villefranche , lesquels nous ont déclaré qu'hier à sept heures du soir, dans le domicile de la veuve Bottet, faubourg de Villefranche , commune de Glaizé , est décédé Gabriel Velu , âgé de quarante-huit ans environ , né à Glaizé, fils de Claude et de Catherine Grand, marié avec Françoise Picard vivante, séparée, ses père et mère décédés.

Lesquels déclarans ont signé après que lecture leur en a été faite.

Signé MARION, CHARLES; DURIEU-BOTTET , *Adjoint.*
Collationné conforme, à Glaizé, le 13 juin 1818.
Signé DURIEU-BOTTET , *Adjoint.*

N° 6.

Lyon, le 25 juin 1817.

Monsieur le Sous-Préfet , le nommé Pierre Blanc, qui vous remettra cette lettre , se rend dans votre arrondissement, chargé par moi d'une mission. J'ai eu occasion de l'employer utilement ; et dans le cas où il vous donnerait quelques indications , je pense que vous pourrez les accueillir avec confiance. Veuillez aussi l'aider dans sa mission , en ce qu'il dépendra de vous.

Veuillez agréer, etc.

FIN.